CEPHALE ET PROCRIS.

CEPHALE
ET
PROCRIS,
TRAGEDIE.
EN
MUSIQUE.

Representée par l'Academie Royalle de Musique.

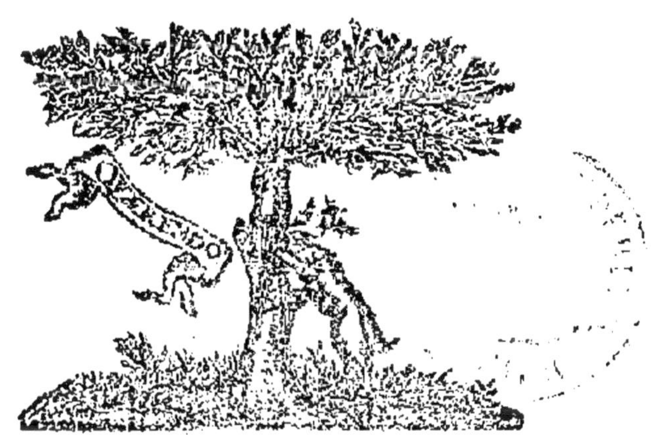

Suivant la Copie imprimée à PARIS.

A AMSTERDAM.

Chez ANTOINE SCHELTE, Marchant
Libraire, près de la Bourse.

----

cIɔ Iɔc XCV.

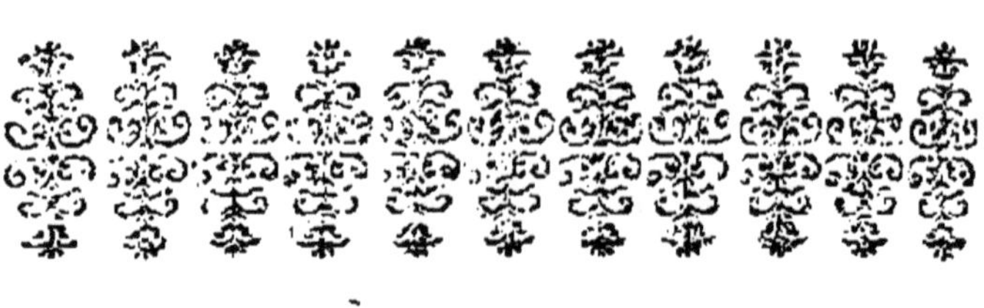

ACTEURS

DU

PROLOGUE.

FLORE.

PAN.

NERE'E.

Chœur & Troupe de Nymphes de la suite de Flore.

Chœur & Troupe de Faunes & de Divinitez des Bois.

Troupe de Tritons & de Dieux de la Mer.

PROLOGUE.

Le Theatre represente un Bois. La Mer paroist dans le fonds.

FLORE. PAN.

IL est temps que chacun se rassemble
en ces lieux,
Déja l'Aurore vigilante
Commençant sa route brillante,
Precéde le Soleil qui monte dans les Cieux.

FLORE.

On voit dans ces plaines fleuries
Le Dieu des jours & des saisons,
Mêler l'or de ses rayons
A l'émail de nos prairies
Par tout mille Oyseaux divers
Celebrent le retour de ce flambeau du monde,
Et par les plus tendres concerts.
Accordent leurs Chansons au murmure de l'On-
de.
Que le Zephire emporte dans les Airs.

PAN.

Rien ne doit retarder nos fêtes.
Le desir de chanter le plus puissant des Roys.

A 5   Nous

Nous fit aſſembler dans ces Bois ;
Si l'on voit s'élever d'effroyables tempeſtes,
Vains ennemis tremblez pour vos ſuperbes têtes
La gloire aſſervie à ſes loix
Va couronner ſes dernieres conqueſtes
Par de nouveaux Exploits.

F L O R E. P A N.

Rien ne peut échapper à ſa ſageſſe extrême,
L'Orgueil eſt pour jamais à ſes pieds abbattu.

P A N.

Ce n'eſt point de ſon Diadême
Qu'il emprunte l'éclat dont il eſt revêtu.

F L O R E.

Toujours plus noble & plus grand par luy même
Sa gloire, ſa grandeur ſuprême
Sont au deſſous de ſa vertu.

F L O R E P A N.

Chantons ſa valeur immortelle.
Publions ſes faits glorieux ;
Que ſa gloire ſoit éternelle
Quelle dure autant que les Dieux.

CHŒUR DE NYMPHES ET DE FAUNES.

Chantons ſa valeur immortelle.
Publions ſes faits glorieux ;
Que ſa gloire ſoit éternelle
Quelle dure autant que les Dieux.

Entrée des Nymphes de la ſuite de Flore.

D E U X N Y M P H E S.

Qu'un cœur eſt heureux

Dans

Dans un doux esclavage !
Qu'un cœur est heureux
Sous l'empire amoureux !
Dans la vive ardeur qu'inspire le bel âge,
Quand mille plaisirs peuvent combler ses vœux.
Qu'un cœur est heureux
Dans un doux esclavage !
Qu'un cœur est heureux
Sous l'empire amoureux !
Les tendres Oyseaux de ce charmant boccage,
Semblent nous chanter en exprimant leurs feux ;
Qu'un cœur est heureux
Dans un doux esclavage !
Qu'un cœur est heureux
Sous l'empire amoureux !

Les Nymphes recommencent leurs Danses, a-
près lesquelles Nerée paroist sur la Mer dans un
Char conduit par des Tritons. Il est accompagné de
huit Dieux de la Mer.

FLORE. PAN

Quelle Divinité se presente à nos yeux ?
Nerée avance dans ces lieux.

NEREE

Je sors de l'empire de l'Onde
Pour prendre part à vos concerts.
L'Envie agite l'Univers,
Et veut de sa fureur embrazer tout le monde ;
Mais sa jalouse rage en vain veut éclatter,
Quels projets odieux pourront executer
Des ennemis tremblants au seul nom de la France ?
Et qui craindroient de rien tenter

S'ils

S'ils ne connoiſſoient la clemence
Du Heros glorieux qu'ils oſent irritter.

FLORE.

O vous ! qu'un ſort heureux ſous ſes loix à fait
     naitre,
Que le Ciel à jamais protege voſtre Maiſtre,
     Que de ſes ans rien n'arreſte le cours ;
     Ne demandez ny grandeur, ny victoire ;
     Pour vous combler de bonheur & de gloire,
C'eſt aſſez que les Dieux prennent ſoin de ſes
     jours.

CHOEUR.

Cherchons à ſatisfaire
 Les plus doux de nos vœux ;
Preſentons-luy nos concerts & nos jeux
Heureux ſi nous pouvons luy plaire.

ENTREE *des Dieux de la Mer.*

Un Dieu de la Mer.
     L'Amour ſoûmet tout le monde ,
         Et juſques dans l'Onde
         L'on ſent ſes feux ;
     Profitons de noſtre jeuneſſe
         Suivons la tendreſſe ;
         Le trait qui nous bleſſe
         N'eſt point dangereux.
     Profitons de noſtre jeuneſſe
         Suivons la tendreſſe ;
         Le trait qui nous bleſſe
         Doit nous rendre heureux.

*Les Dieux de la ſuite de Nerée recommencent leurs
danſes. Les Nymphes de Flore s'y joignent , & forment avec eux la derniere Entrée.*

NE-

N E R E'E.

Dans des liéux que le Ciel garantit de l'orage,
Retraçons de Procris les tragiques amours.
Heureux ? si de ses maux la vive & triste image,
  Peut nous resoudre à fuir un esclavage,
  Toujours funeste au repos de nos jours.

P A N.

  A l'abry du fracas des armes,
Allons à nos concerts mêler des chants nouveaux
  A l'honneur de tant de Heros,
  Qui vont au milieu des allarmes
  Nous assûrer un doux repos.

C H OE U R.

Courez, volez, ô Guerriers invincibles,
Estendez vos Exploits au bout de l'Univers.
  Nous allons en des lieux paisibles,
Celebrer par nos chants vos triomphes divers.
  Courez, volez, ô Guerriers invincibles,
Estendez vos Exploits au bout de l'Univers.

Fin du Prologue.

A 5

ACTEURS

DE LA

TRAGEDIE.

L'AURORE.
PROCRIS, *Fille d'Erichée, aymée de Cephale.*
CEPHALE, *Amant de Procris.*
BOREE, *Prince de Thrace, rival de Cephale.*
ERICTE'E, *Roy d'Athènes.*
IPHIS, *Nymphe confidente de l'Aurore.*
DORINE, *Confidente de Procris.*
ARCAS, *amy de Cephale, amant de Dorine.*
LA PRESTRESSE, *de Minerve.*
Chœur & Troupe d'Atheniens & d'Atheniennes.
Troupe de Thraces de la suite de Borée.
Chœur & Troupe de Pastres & de Bergeres.
LA VOLUPTE'.
*Troupe d'Amours, de Jeux, & de Suivantes de
la Volupté.*
Deux Zephirs.
LA JALOUSIE.
LA RAGE.
LE DESESPOIR,
Chœur & Troupe de Demons.

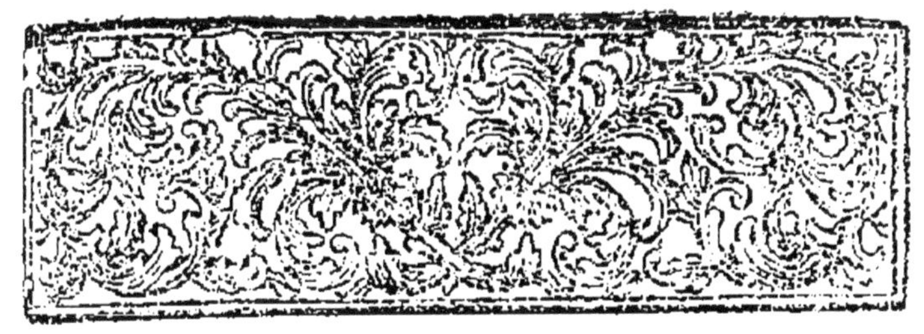

CEPHALE
ET
PROCRIS,
TRAGEDIE.

ACTE PREMIER.

*Le Theatre represente une place de la Ville d'Athé-
nes, ornée pour les jeux. Le Temple de Minerve
paroît dans le fonds.*

SCENE I.

PROCRIS, BORE'E, DORINE.

BORE'E.

ME fuïrez-vous toûjours? arreſtez inhumaine.
Voſtre injuſte couroux ne peut-il ſe
calmer?
Ah? pour meriter voſtre haine,

 Quel

Quel crime ai-je commis , que de vous trop
    aimer ?
      Vos mépris , voftre indifference
      Sont-ils le prix de ma conftance ?
Un feul de vos regards pouroit charmer les
    Dieux.
Par tout vous allumez une fecrette flâme :
Ne poura t'on jamais faire naiftre en voftre ame
      L'amour que l'on prend dans vos yeux ?

P R O C R I S.

Malheureux qui reffent l'amoureufe puiffance,
On ne gofte en aimant que des biens imparfaits ;
      Pour rendre deux cœurs fatisfaits ,
Il faudroit que l'Amour , la Paix & l'Innocence
      Fuffent toûjours d'intelligence ,
      Et c'eft ce qui ne fût jamais.

B O R E'E.

Vous tachez vainement de paroiftre invincible ,
Je fçai ce qui vous porte a méprifer mes foins.
      Cruelle, helas ? vous me haïriez moins
      Si vous eftiez infenfible.
Cephale va bien-toft paroiftre dans ces lieux.
Sa Valeur a dompté les peuples de la Thrace.
De vos fiers ennemis il a puni l'audace.
Philomele eft vangée. Il eft victorieux.
      Vous aimerez dans ce haut rang de gloire
      Un jeune amant que vos yeux ont charmé ;
Mais, s'il prétend fur moy remporter la Victoire,
Vous pourez quelque jour, fenfible à fa memoire,
      Vous repentir de l'avoir trop aimé.

S C E-

SCENE II.

PROCRIS, DORINE,

DORINE.

Vous méprisez sa jalousie?
　　Que vostre sort a d'appas !
Rien ne sçauroit troubler vostre paisible vie.
Vous passez vos beaux jours sans crainte, sans
　　envie.
　　On vous aime & vous n'aimez pas,
　　　Que vostre sort a d'appas !

PROCRIS

Helas !

DORINE.

Vous soupirez ? d'où vient cette tristesse ?

PROCRIS.

C'est trop déguiser ma foiblesse ;
L'amour m'a sçû lier du plus doux de ses nœuds ;
Pardonne, si j'ay pû te cacher ma tendresse,
Suis-je la seule helas ! qui feint d'estre maistresse
D'un cœur soumis aux loix de l'Empire amou-
　　reux.
J'aime, il faut l'avoüer, il ne m'est pas possible
　　De fuir un doux engagement :
　　Mais le seul nom de mon amant
　　M'excuse assez d'estre sensible.

DORINE.

Cephale a t'il sçeu vous charmer ?
Chacun sçait que pour vous son ardeur est extrê-
　　me.

A 7

PRO-

PROCRIS.

Tu le connois; crois-tu que quand il aime,
On puisse ne le pas aimer?

DORINE.

Aux plus tendres douceurs vostre amour vous
prepare,
Le Roi doit en ce jour vous choisir un Epoux;
En faveur de Cephale on dit qu'il se déclare.

PROCRIS.

Je n'ose attendre un sort qui me paroist trop doux
On voit les ardeurs les plus belles
Eprouver un sort rigoureux;
Et les cœurs qui pouroient estre les plus fidelles
Sont souvent les plus malheureux.

SCENE III.

PROCRIS, DORINE, ARCAS.

ARCAS.

LE devoir de Cephale auprés du Roi l'appelle.
Doit-il apprehender encor vôtre rigueur?
Il vous conserve dans son cœur
Une flame immortelle.
Aprés avoir vaincu nos ennemis jaloux,
Et porté son courage au comble de la gloire,
Vous l'allez voir à vos genoux
Moins content des honneurs d'une illustre vi-
ctoire,
Que d'avoir combatu pour vous.
En cet heureux estat que faut-il qu'il espere?

PROCRIS.

Mes desirs sont soumis aux ordres de mon Pere,
C'est à lui de regler mes vœux.

Ce-

Cephale aux yeux du Roi peut découvrir son ame,
S'il ne trouve que moy qui s'oppose à sa flame,
   Il doit s'assurer d'estre heureux.

S C E N E IV.

D O R I N E, A R C A S.

A R C A S.

Seras-tu toûjours inflexible?
   Je languis pour toy vainement.
   Les pleurs d'un malheureux amant
   N'ont pû rendre ton cœur sensible.
En vain le changement s'offre à me soulager,
   Je ne sçaurois estre volage ;
   Ingrate ta beauté m'engage
   Et ta rigueur ne me peut dégager.

D O R I N E.

Tache à vaincre un amour qui te rend miserable,
Je veux, pour t'épargner des soupirs superflus,
Prêter à ton dépit un secours favorable,
   Arcas, je ne te veray plus.

A R C A S.

Cruelle il te sied bien de braver ma colere ;
Tu sçais que tes mépris servent à m'enflamer.

D O R I N E.

   Que ne sçais-tu te faire aimer?

A R C A S.

Apprens moi donc le secret de te plaire?

D O R I N E.

L'amour n'est point charmant s'il n'offre des
   plaisirs,

Et

Et tu portes par tout le chagrin, la tristesse :
Pense-tu, pour charmer une jeune maîtresse,
Qu'il n'en coûte que des soupirs ?

A R C A S.

Promets-moy de m'aimer sans cesse ;
De mes cruels ennuis tu finiras le cours ?

D O R I N E.

Je t'aime cher Arcas, j'approuve ta tendresse,
Mais peut-on s'assurer qu'on aimera toujours ?

A R C A S.

Quoi ! tu crois donc changer ! cruelle, quel outrage !

D O R I N E.

Pourquoi veux-tu que je m'engage.
De ne cesser jamais de répondre à tes feux :
Crois-tu qu'un serment amoureux
M'empêcheroit d'être volage.
Sui mes conseils Arcas, vivons toujours en paix.
Un long engagement rarement a des charmes.

A R C A S.

Que pour les tendres cœurs la constance a d'at-
traits !

D O R I N E, A R C A S.

Pour vivre sans chagrin, sans trouble, sans al-
larmes
Dor. } Il faut ne s'engager }
Ar. } Dorine ne changeons }   jamais.

SCE-

SCENE V.

DORINE, ARCAS, *Chœur & Trouppe d'Atheniens & d'Atheniennes.*

CHŒUR.

Celebrons d'un Heros la valeur triomphante
Nos ennemis sont soumis à ses loix.
Unissons nos cœurs & nos voix,
Chantons sa Victoire éclatante,
Chantons ses glorieux Exploits.

Premiere Entrée.

SCENE VI.

Tous les Acteurs de la Scene precedente.

LE ROY, CEPHALE.

LE ROY.

Redoublez vos chants d'allegresse,
Formez les concerts les plus doux.
Mes armes ont rendu le repos à la Grece,
Et Cephale est l'heureux Epoux
Que je destine à la Princesse.
Redoublez vos chants d'allegresse,
Formez les concerts les plus doux.

SECONDE ENTRE'E.

On reprend le Chœur Celebrons, &c. A la fin duquel le Temple de Minerve s'ouvre & la Grande Prêtresse en sort.

SCE

SCENE VII.

Tous les Acteurs de la Scene precedente.

LE ROY, LA PRE'TRESSE.

LE ROY.

Que vois-je! de Pallas j'apperçoi la Prêtresse.

LA PRE'TRESSE.

Prince, que faitez-vous! quel hymen odieux
Osez-vous arrester sans consulter les Dieux?
  Ecoutez ce qu'une Déesse
  Veut bien vous dire par ma voix.
  Le Ciel désaprouve le choix
  Que vous faites pour la Princesse,
 Si vous voulez qu'une profonde paix,
Forme les nœuds sacrez d'un auguste hymenée,
  Accordez Procris à Borée,
Et condamnez Cephale à ne la voir jamais.

       Elle se retire.

CEPHALE.

Qu'entens-je! juste ciel! Seigneur pourez-vous
 croire
Que les Dieux inhumains....

LE ROY.

      Je conçoi vos douleurs.
Cét Oracle est pour vous le plus grand des mal-
 heurs,
Mais l'amour, au devoir doit céder la Victoire.
Revcrons les Arrests que les Dieux ont dictez;

          Un

Un heros doit trouver ſa gloire.
A ſoûmettre à leurs loix toutes ſes volontez.

CEPHALE.

Mon rival pour m'ôter la beauté que j'adore,
Pourroit. . . .

LE ROY.

Je vous entens; conſultons les encore.
Puiſſiez-vous à nos yeux appaiſer leur couroux.

CEHALE.

Ah! Dieux cruels! où me reduiſez-vous?

Ils entrent tous deux dans le Temple.

Fin du premier Acte.

ACTE

ACTE SECOND.

Le Theatre represente un lieu solitaire au pied du Mont-Hymette. On voit quelques Hameaux dans l'éloignement.

SCENE I.

PROCRIS, *seule.*

Lieux écartez, paisible solitude !
Soyez seuls les témoins de ma vive douleur,
Des peines des amans je souffre la plus rude ;
    Lieux écartez, paisible solitude
Cachez le desespoir qui regne dans mon cœur.
Helas ! quand j'ignorois la fatale puissance
    Du Dieu qui m'a ravi la paix.
Contente des plaisirs qu'offre l'indifference,
    Que mon sort étoit plein d'attraits !
Pourquoy cruel Amour ! par d'invincibles traits.
    As-tu domté ma resistance ;
Ah ! j'aimerois encor lês maux que tu m'as faits,
Mais les Dieux inhumains m'ostent toute espe-
    rance ;
J'aime un jeune Heros, il m'aime avec constan-
    ce,
Et le Ciel nous condamne à ne nous voir jamais.
    Lieux écartez, paisible solitude.
Soyez seuls les temoins de ma vive douleur !
Des peines des Amans je souffre la plus rude.
                Lieux

Lieux écartez , paisible solitude,
Cachez le desespoir qui regne dans mon cœur.
Cephale vient ? helas ! tout redouble ma peine.
Ne puis-je fans le voir abandonner ce lieu ?
Mes pleurs vont me trahir ! quel tourment ! quel-
　　　le gêne !

SCENE II.

PROCRIS, CEPHALE.

CEPHALE.

L'amour belle Procris prés de vous me rameine ,
　　Je viens vous dire un éternel adieu.
　　　Ma mort va contenter la haine
　　　Des Dieux inhumains & jaloux.

PROCRIS.

Ce n'eſt point voſtre mort qu'exige leur cou-
　　roux.

CEPHALE.

N'eſt-ce pas me livrer à la parque inhumaine ,
Que de me condamner à vivre loin de vous?
　Vous foupirez ! vous me cachez vos larmes !
Quoi ? feriez-vous fenfible à mes cruels ennuis
　Dieux ! que mes maux auroient de charmes !

PROCRIS.

Vous voyez malgré moy le défordre où je fuis.
Vous payerez bien-cher un aveu trop fincere?
Vous avez trouvé feul le fecret de me plaire,
　　　Je n'ay plus rien a vous celer;
　　　Mais, malgré toute ma foibleſſe,
Aux volontez des Dieux mon cœur doit immol-
　　ler ,

Sa fatalle tendreſſe.
Ne me reprochez point les maux que je vous
fais,
Laiſſez moy remporter cette triſte victoire. ...
Si vous avez ſoin de ma gloire,
Prince, ne me voyez jamais.

CEPHALE.

Ah ! puiſque vous m'aimez permettez que j'eſpe-
re.
Vous ſçavez qu'Eole eſt mon pere,
Je puis l'armer. ... ,

PROCRIS

En vain vous flatrez mes douleurs,
Il faut briſer les nœuds d'une chaîne ſi belle ;
Les Dieux m'ont condamnée à d'éternels
malheurs ;
Non, ce n'eſt plus que la parque cruelle,
Qui peut faire ceſſer mes pleurs.

PROCRIS, CEPHALE

Le Ciel m'avoit donné la flatteuſe eſperance
Que tout feconderoit mes vœux ;
Helas ! un ſort ſi rigoureux,
Doit-il de tant d'amour eſtre la récompenſe ?

PROCCRIS.

Adieu Prince, je fui, nos pleurs ſont ſuperflus

CEPHALE.

Cruel deſtin !

PROCRIS

O ſort Barbare !

PRO-

P R O C R I S, C E P H A L E.

Faut-il que le Ciel nous fepare?

P R O C R I S.

Adieu.

C E P H A L E.

Belle Procris, ne vous verai-je plus!

S C E N E III.

C E P H A L E, *feul.*

Dieux cruels, Dieux impitoyables!
Suis-je aſſez malheureux au gré de vos defirs?
Vous m'enlevez tous mes plaifirs,
Mon cœur defefperé vous trouve inexorables.
Dieux cruels, Dieux impitoyables
Suis-je aſſez malheureux au gré de vos defirs?
Lancez fur moy voftre tonnerre?
Sous vos injuftes coups je demande à mourir.....
Mes cris vous font eu vain une impuiſſante guer-
re,
Vous me haiſſez trop pour me faire perir?...
Que dis-je... helas! mes maux ont laſſé ma con-
ftance
Ah! pardonnez Grands Dieux fi dans ce trifte
jour
Mon defefpoir vous offenfe;
Quels crimes font plus dignes de clemence,
Que ceux qu'aux tendres cœurs fait commettre
l'Amour.

On entend un bruit de Simphonie.
Mon rival icy va paroftre.

Un

Un bruit confus s'éleve dans les Airs.
Sçachons, sans nous faire connoître,
Le sujet de ces concerts

Cephale se retire à l'écart.

SCENE IV.

BOREE. *Chœurs & troupe de Traces de la suitte de Borée. Cephale retiré à l'écart:*

BOREE.

Les Dieux m'ont à la fin accordé la victoire,
Mon amour est comblé de gloire,
Cét heureux jour va finir mes malheurs;
Quel plaisir pour les cœurs fidelles,
Quand un heureux succés couronne leurs ardeurs
Et qu'aprés des peines cruelles,
Il est doux de chanter l'Amour & ses douceurs.

CHOEUR.

Quel plaisir pour les cœurs fidelles
Quand un heureux succés couronne leurs ar-
deurs;
Et qu'aprés des peines cruelles,
Il est doux de chanter l'amour & ses douceurs.

UN THRACE.

Paisibles habitans de ces douces retraites
Venez prendre part à nos jeux;
Cet ombre, ces gazons, ces demeures secrettes
Tout y semble estre fait pour les amans heureux.

SCENE V.

Tous les Acteurs de la Scene precedente.
Troupe de Pastres & de Bergeres.

PREMIERE ENTRE'E.

Un Pastre & une Bergere.

Les Rossignols dés que le jour commence,
Chantent l'Amour qui les anime tous ;
Si les oiseaux cédent à sa puissance
    Quel mal faisons nous.
    D'aimer à sentir ses coups !
Si leur instinct est rempli d'innocence,
    Quel mal faisons nous
De suivre un penchant si doux ?

Les Pastres & les Bergeres recommencent leurs
danses ; aprés quoy le même Pastre & la même Ber-
gere qui ont chanté le dernier Air, chantent le se-
cond couplet.

    Heureux Troupeaux paissez sur la verdure
    Pour vous l'Amour prodigue ses faveurs ;
    Vous n'avez point de loix que la Nature,
        Les biens, les Grandeurs
    Ne sçauroient troubler vos cœurs ;
    Jamais chez vous la raison ne murmure,
        Les biens, les Grandeurs,
    Ne vallent pas vos douceurs.

Les danses des Bergers continüent ; quand elles
sont finies : Céphale sort du lieu où il s'étoit retiré,
& s'adresse à Borée.

SCENE VI.

CEPHALE, BORE'E

CEPHALE.

Vous n'êtes pas encor seur de voftre conquête.
Craignez du fort volage un dangereux retour !
Duffais-je voir la foudre à tomber toute prête,
Ma mort feule poura m'arracher mon amour.

BORE'E.

Je souffre d'un jaloux l'impuiffante colere.
Ton amour te rend temeraire.
Tu fuis une aveugle fureur.
Mais mon cœur genereux veut bien te faire
    grace :
Pour te punir de ton audace,
C'eft affez que tu fois témoin de mon bon-heur.

SCENE VII.

L'AURORE *defcend dans une machine brillante.*

IPHIS, CEPHLE.

CEHALE *fans voir l'Aurore.*

Le Traître à me braver porte fon infolence?
        Courons à la vengeance,
N'écoutons que l'ardeur dont je fuis animé?

L'AURORE.

Cephale où courez-vous? quelle fureur vous
    guide ?

Ce-

CEPHALE.

Je vais me vanger d'un perfide,
Ou mourir pour l'objet dont mon cœur est char-
  mé

L'AURORE.

Suspendez les transports d'un genereux courage.
   De la beauté qui vous engage
   Estes-vous tendrement aimé?

CEPHALE.

   Nous ressentons des ardeurs mutuelles,
   Nos tendres cœurs forment les, mêmes
     vœux;
Jamais le Ciel ne vit deux amans plus fidelles,
   Et n'en fit de plus malheureux.

L'AURORE.

Procris peut vous tromper; peut-estre que l'In-
  gratte
N'aime qu'un vain honneur dont le charme la
  flatte
Elle céde à Borée, il triomphe à vos yeux;
   Commencez à mieux la connoître?
   Rarement l'Amour est le maître
    D'un cœur ambitieux.
J'ouvre au Pere du jour la celeste barriere.
Je precéde en tous lieux le Dieu de la lumiere;
La Terre à mon aspect fait éclorre ses fleurs;
   Je suis cette Aurore charmante
   Dont la clarté toujours naissante
  Peint l'Univers des plus vives couleurs.
Et qui méme, au milieu de mes tendres dou-
  leurs,
  Toujours aimable, & toujours bien-faisante,
Enrichis si souvent la Terre de mes pleurs.

Suivez un conseil salutaire,
Vous souffrez ' pour Procris, elle a trop ſçû
    vous plaire,
    Gueriſſez-vous en la quittant ;
        C'eſt eſtre ſage,
    Quand une maiſtreſſe eſt volage,
        Que d'être inconſtant.

CEPHALE.

Quoy ! l'Objet charmant que j'adore
Auroit feint de répondre à mes tendres Amours !
Ciel ! quel nouveau chagrin m'agite & me devore
    Ah ! je ne ſçai ſi Procris m'aime encore ;
Mais hélas ! je ſens bien que je l'aime toujours.

L'AURORE

Je vais tout employer pour contenter voſtre ame ;
    Ne craignez point un rival odieux ;
    Pour mieux cacher le feu qui vous enflâme,
    Ne paroiſſez point en ces lieux ?
Allez, repoſez vous ſur ces guides fidelles,
    Avant que de ſuivre vos pas,
Je veux pour terminer tant de peines cruelles,
    Vous aſſurer un deſtin plein d'appas,
Volez charmans Zephirs accompagnez Cephale,
Aux honneurs les plus grands ſes jours ſont deſ-
    tinez.
    Eſt-il un mortel qui l'égalle ?
Volez, je vais le ſuivre en des lieux fortunez.

Les Zephirs enlèvent Cephale.

SCE-

SCENE VIII.

L'AURORE, IPHIS.

IPHIS.

Pour rendre un amant volage,
Vous mettez tout en usage ;
Pourquoy prendre tant de soins ?
Je croy qu'il en coûte moins
Pour rendre un amant volage.

L'AURORE.

Je connoy ce jeune heros
Je sçay qu'elle est sa constance & sa flame ;
Tu te souviens du jour qu'il troubla mon repos,
Il venoit en ces lieux confier aux échos
Les tendres secrets de son ame :
Mon cœur se sentit enflâmer,
Rien n'a pû jusqu'icy dissiper ma foiblesse ;
De Pallas j'ay vû la Prêtresse,
J'ay fait rompre un hymen qu'elle alloit confir-
mer ;
Hé ! que ne fait-on pas, lorsque l'Amour nous-
blesse,
Pour tâcher de se faire aimer ?

IPHIS.

Laissez-vous occuper d'une douce esperance,
Cephale par vos soins peut changer en ce jour.
La plus longue perseverance
Doit enfin cesser à son tour ;
S'il est un temps marqué pour se rendre à l'A-
mour

B 3

Il en est un pour l'Inconstance.

L'AVRORE.

C'est trop demeurer dans ces lieux,
Allons trouver l'objet de mon amour extréme;
Avec plaisir j'abandonne les Cieux,
L'endroit où l'on voit ce qu'on ayme
Vaut bien le sejour des Dieux.

Fin du second Acte.

ACTE

ACTE TROISIE'ME

Le Theatre represente les lieux où la volupté fait son séjour ; cette Déesse paroît dans le fond du Theatre couchée sur un lit de fleurs.

SCENE I.

CEPHALE, *seul.*

Amour que sous tes loix crüelles
On souffre de maux rigoureux ;
Par un espoir trompeur tu sçais flatter nos
    vœux
Pour nous livrér aprés à des peines mortelles.
    Amour que sous tes loix cruelles
    On souffre de maux rigoureux ?
Quand tu contrains deux cœurs à ressentir tes
    feux ,
    Dois-tu laisser rompre des nœuds
Qui devroient leur former des chaînes éternel-
    les.
    Amour que sous tes loix cruelles
    Les cœurs constants sont malheureux ;
    Et qu'il en est peu de fidelles ;
    Amour que sous tes loix cruelles,
    On souffre de maux rigoureux ?

SCENE II.

CEPHALE, IPHIS.

IPHIS.

Rien ne peut-il appaiser vos allarmes;
Quoy ! Céphale en ces lieux charmants
Vous soupirez ! vous repandez des larmes !

CEPHALE.

Ah ! pour les malheureux Amans
Est-il quelque sejour qui puisse avoir des charmes ?

IPHIS.

Vous devez esperer la fin de vos malheurs.
Tot ou tard l'Amour repare
Les maux qu'il fait aux tendres cœurs
Et c'est souvent par d'extrêmes rigueurs
Qu'il vous prepare
A ses plus charmantes faveurs.
Tot ou tard l'amour repare
Les maux qu'il fait aux tendres cœurs.

Parlant à la Volupté.

Déesse dont toujours on ayma la puissance,
Vous qui par d'agreables loix,
Rendez quand il vous plait les Heros & les Rois
Esclaves des plaisirs que vostre main dispense ;
Tranquille volupté venez avec les feux
D'un trop fidelle amant appaiser le martyre ;
Vous pouvez combler tous nos vœux
Tout rit, tout plait sous vôtre Empire ;

Et

Et si quelqu'un s'y plaint du pouvoir amoureux,
        C'est moins de peine qu'il soupire,
    Que du plaisir qui le rend trop heureux.

SCENE III.

CEPHALE, IPHIS, LA VOLUPTE'.

*Trouppe & Chœur de Jeux, de plaisirs & de sui-
vantes de la volupté.*

La Volupté & sa suite forment une entrée de Ballet.

LA VOLUPTE.

Tendres Amans bravez vos peines.
Le Dieu qui vous donne des chaînes,
Doit à la fin vous secourir ;
    La moindre grace
    Que l'Amour fasse,
Sçait nous payer des maux qu'il fait souffrir.

CHOEUR.

    Tendres Amans bravez vos peines,
    Le Dieu qui vous donne des chaînes
    Doit à la fin vous secourir ;
        La moindre grace
        Que l'Amour fasse
Sçait nous payer des maux qu'il fait souffrir.

LA VOLUPTE

Loin de ces lieux triste sagesse.
Doit-on deffendre a la jeunesse
De se former d'aymables nœuds ;
    Dans le bel âge,

                    E 5   Est-

Est-ce estre sage
De fuïr un sort qui peut nous rendre heureux.

La Volupté & sa suitte recommencent leurs dan-
ses.

SCENE IV.

L'AURORE, IPHIS, CEPHALE.

L'AURORE.

Pour dissiper vostre tristesse,
Vous voyez les soins que j'ay pris !
Tachez de surmonter une indigne foiblesse,
La volage beauté dont vous estes épris
Est plus digne de vos mépris,
Qu'elle ne fut d'avoir vostre tendresse,

CEPHALE.

De mon funeste sort, Ciel ! quelle est la rigueur

L'AURORE,

Vous soupirez encor pour elle ?

CEPHALE

J'ay honte d'estre trop fidelle,
Mais helas ! le dépit qui déchire mon cœur
Redouble ma peine cruelle
Et n'affoiblit point mon ardeur.

L'AURORE.

Cessez d'estre sensible aux beautez des mortelles;
Cherchez un sort dont les Dieux soient jaloux.
De tant de Deïtez qui brillent parmi nous,

Les

Les plus fieres, les plus rebelles,
Cefferont de l'être pour vous.
Peut-eftre en dis-je trop ; vous allez me ren-
noiftre,
Cephale, il ne faut plus vous rien diffimuler
En vain j'ay voulu vous celer
Que de mon foible cœur l'amour s'eft rendu
Maître ;
Mes foins pour le cacher ont efté fuperflus,
Contre luy la fierté n'eft qu'un foible remede,
Helas ! quand ce Dieu nous poffede,
Les Dieux les plus puiffants ne fe poffedent plus.
Vous voyez mon ardeur, parlez fans vous con-
traindre ?

CEPHALE.

De vos bien-faits mon cœur fe fent comblé,
Mais... Dieux !

L'AURORE.

Que dites-vous ;

CEPHALE

Que mon fort eft à plaindre ;
Indigne des honneurs dont je fuis accablé......

L'AURORE,

N'acheve pas Ingrat ? je prevoy quel outrage
Tes injuftes mépris feroient à mes ardeurs !
Va languir pour une volage.
Va te livrer à d'éternels malheurs,
Je ne feray pas feule à répandre des pleurs....
Il fuit... il m'abandonne à ma honte, a ma rage....
Cephale, tu te pers ! ceffe de m'irriter ?
Tu te repentiras d'avoir fçû mé déplaire.

C E P H A L E.

Je n'ay rien fait pour meriter
Ni vos soins, ni vostre colere.
Vous me faites voir en ce jour
Un barbare couroux ; une rage inhumaine?
Je ne croyois pas que l'Amour
Dût tant ressembler à la haine.

L'A U R O R E.

Vous me bravez cruel ; vous connoissez mon
cœur,
Je vous ay fait voir sa foiblesse ;
Vous ne sçavez que trop, que toute ma fureur,
Ne peut égaler ma tendresse.

C E P H A L E.

De vos bontez interrompez le cours.
Vostre amour outragé demande une victime,
Faites finir mes tristes jours,
Punissez-moy ; suivez un couroux legitime....

L'A U R O R E.

Je ne vous puniray qu'en vous aymant toujours
Aymez qui vous méprise, & fuyez qui vous syme
Vous serez le témoin de mes tendres ardeurs ;
A vos yeux chàque jour j'offriray mes douleurs,
Et jusques dans vostre cœur même,
Mes maux & mon amour trouveront des van-
geurs.
Partez? c'est trop gêner vostre ame impatiente,
Allez offrir à de trompeurs appas
L'homage genereux d'une flame constante.
Zephirs accompagnez & conduisez ses pas.

S C E-

SCENE V.

L'AURORE, IPHIS.

L'AURORE.

TU vois ma honte & mon suplice?

IPHIS.

Vangez-vous de l'Ingrat qui cause vos ennuis...

L'AURORE.

Quel triomphe pour luy ! dans l'état où je suis,
S'il sçavoit, que forcée à luy rendre justice
Ma raison me contraint d'approuver ses mé-
    pris !

IPHIS.

Que dites-vous ?

L'AURORE.

    Apprens qu'elle est mon infortune ?
        Jamais je ne l'ay tant aymê ;
Mon cœur malgré luy-même ; est surpris & char-
    mé
        D'une vertu si peu commune. ...
Ah ! c'est un crime encor dont je doy le punir ?
Il me quitte ! il me hait ! & sçait toûjours me
    plaire ?
Vangeons-nous ; je le puis. ... qui peut me re-
    tenir ? . .
A mon juste couroux, ma tendresse est contraire,
        Et je crains bien que ma colere,
J'augmente mon amour au lieu de le bannir.

Fin du Troisiéme Acte.

ACTE QUATRIE'ME.

Le Theatre represente les Jardins du Palais d'E-
rictée.

SCENE I.

DORINE, ARCAS.

ARCAS.

Borée époufe la Princeffe
Je dois avec Cephale abandonner ces lieux,
 Veux-tu couronner ma tendreffe,
Ou pour jamais recevoir mes adieux !
Tu peux rendre aujourd'huy mon ame fatisfaite,
 A m'époufer voudras-tu confentir ?

DORINE.

Le feu de ton amour pouroit fe rallentir ;
 S'il avoit tout ce qu'il fouhaite ;
 Quelques plaifirs qu'on fe promette ;
Il n'eft depuis l'hymen qu'un pas au repentir.

ARCAS.

A d'éternels refus, dois-je toûjours m'atendre ?

DORINE.

 N'efpere pas que je me rende un jour.
Mon cœur, de s'engager fçaura bien fe deffen-
dre :
 Trop fouvent l'hymen le plus tendre,
 Eteint le flambeau de l'amour.

A ii

A R C A S.

Les mépris d'une cruelle
Rendront le calme à mon cœur.
Malheureux qui s'obstine à souffrir la rigueur
D'une beauté rebelle.
Dans l'empire amoureux le cœur le moins con-
stant
Est bien souvent le plus contant.

D O R I N E, A R C A S.

Vivons toujours sans tristesse.
N'aimons qu'à rire & chanter.
Quand l'amour nous blesse,
S'il offre un doux moment taschons d'en profiter;
Mais regardons un excés de tendresse
Comme une foiblesse
Qu'on doit éviter.

S C E N E II.

L'AURORE, IPHIS, DORINE, ARÇAS.

L'A U R O R E.

Sur d'autres que sur vous doit tomber ma ven-
geance !
Hastez-vous de vous retirer.
Le mépris d'un Ingrat m'offence;
Qu'il souffre les tourmens qu'il me fait endurer.

S C E-

SCENE III.

L'AURORE, IPHIS.

L'Aurore

O vous ? implacable ennemie
Des cœurs que l'amour rend heureux,
Déesse des soupçons, barbare jalousie,
Pour entendre ma voix de vos gouffres affreux,
Suspendez les fureurs dont vous estes saisie ?
Par les charmes les plus puissans,
Inspirez à Procris une haine cruelle ?
Peignez luy Cephale infidelle,
Troublez son esprit & ses sens ;
Ah ! toutes les horreurs que vostra rage inspire,
Tous les maux que produit vostre funeste empire,
N'égaleront jamais les troubles que je sens.

On entend une Simphonie lugubre.

Sortons ; la jalousie en ces lieux va se rendre ;
Cette affreuse Divinité
Ne pouvoit souffrir la clarté
Que je suis malgré moy contrainte de répandre.
Helas ?

IPHIS.

Qui vous fait soupirer ;
A remplir vos desirs tout semble conspirer,
La haine que Procris fera voir à Cephale,
Poura vers elle empescher son retour,

L'AURORE.

Iphis ma peine est sans égalle,
Je connois trop bien son amour,

Ma rage & tes conseils lui vont ravir le jour...
Non, je ne puis souffrir que ce Heros perisse.
Divinité que mes fureurs
Viennent d'armer pour son suplice....

I P H I S.

Procris vient, bannissez vos injustes terreurs.
Qui vous rend en ce jour si contraire à vous mef-
me?
Une indigne pitié doit-elle vous trahir?

L'A u r o r e.

Tes conseils sur mon cœur ont un pouvoir su-
prême
C'en est fait, que l'Enfer soit prest à m'obeïr....
De ma vengeance, Iphis, j'auray peine à jouïr.
Quand je songe à l'objet de mon ardeur extrê-
me,
J'oublie helas! que je dois le hair,
Et je sens trop bien que je l'ayme.

S C E N E IV.

P r o c r i s *seule.*

Funeste mort donnez-moy du secours ?
Ah! par pitié venez trancher mes jours?
Mon infortune est certaine ;
C'est peu de perdre helas! l'objet de mes a-
mours,
Je me voy condamnée à m'unir pour toûjours,
A l'objet de toute ma haine.
Rien ne peut me tirer de cette affreuse peine.
Fu

Funeste mort donnez-moy du secours?
Ah ! par pitié venez trancher mes jours?

On entend un bruit soûterain.

Quel bruit lugubre & sourd icy se fait entendre?
Mille abîmes se font ouverts?

SCENE V.

*Le Theatre change & represente l'Antre où la
Jalousie fait son sejour.*

LA JALOUSIE, LA RAGE, LE DESESPOIR.

PROCRIS.

Je me voy transportée en d'horribles deserts?
    Ciel ! quelle nuit vient me surprendre ;
Pourquoy fremir? l'Enfer touché de mes soupirs,
Veut-il par le trépas finir mes déplaisirs?

Elle apperçoit la Jalousie.

    Venez, inhumaine furie,
Venez , je m'abandonne à vos barbares mains.
    Terminez ma mourante vie?
Si de quelque frayeur je vous parois saisie ,
    Ce n'est pas vostre barbarie ,
    C'est vostre pitié que je crains.

LA JALOUSIE.

Pour calmer vos ennuis le Ciel icy m'appelle,
    L'enfer s'interesse pour vous ;
Voulez-vous conserver une flame immortelle
    Pour un volage , un infidelle ?
Ah ! ne suivez que vos transports jaloux ;

Pour accabler l'Ingrat d'une haine cruelle,
Que s'il se peut voftre couroux,
Egalle les plaifirs de fon ardeur nouvelle?

P R O C R I S

Graces aux Dieux, je fuis au comble des malheurs.
Le fort me fût toûjours contraire;
Mais je ne croyois pas ô Ciel! que ta colere,
Dût finir par ce coup ma vie & mes douleurs.

Elle tombe évanoüie.

LA JALOUSIE, LA RAGE, LE DESESPOIR.

Pour obeïr à la Déeffe,
Infpirons à Procris nos tranfports furieux.
Profitons de cette foibleffe,
Qui va cacher noftre rage à fes yeux;
Venez, Demons, venez, montrez-vous en ces lieux?
Que chacun de nous s'empreffe,
D'obeïr à la Déeffe.

S C E N E VI.

LA JALOUSIE, LA RAGE, LE DESESPOIR.

Chœur & Troupe de Demons.

P R O C R I S *évanoüie.*

C H OE U R.

Accourons traînons nos fers.
Nous allons dans ces lieux, pour remplir voftre attente,
Répandre la terreur, le trouble & l'épouvante.

Ac-

Accourons traînons nos fers
Transportons icy les Enfers.

ENTRE'E DE DEMONS.

LA JALOUSIE *s'approche de Procris.*

Sortez d'un honteux esclavage
Méprisez l'inconstant qui cause vostre énnuy?
Que le Dépit, la Fureur & la Rage,
Vous animent seuls aujourd'huy?
Non, non, vous ne sçauriez luy faire trop d'ou-
trage?
La haine que l'on sent pour un Amant volage,
Se mesure à l'amour que l'on avoit pour luy.

*Les Demons & la Jalousie inspirent leur fureur
à Procris, & se retirent.*

SCENE VII.

*Le Theatre change & represente les mesmes Jar-
dins qui avoient paru auparavant. Procris sort
de son évanoüissement agitée des fureurs que la
Jalousie vient de luy inspirer.*

PROCRIS, CEPHALE.

PROCRIS.

L'Ingrat? mais Dieux? où suis je? .

CEPHALE.

Enfin le Ciel propice.

PROCRIS

Perfide, je te voy? va? fuy loin de mes yeux?
Par tes mensonges odieux

Tu ne peux plus couvrir ton injuftice ;
Cherche des lieux remplis de traîtres , d'im-
    pofteurs?
Où l'on puiffe imiter tes trahifons fecrettes.
Pour le malheur helas ! des finceres ardeurs,
    Tu n'auras que trop de retraites !

C E P H A L E.

Que dites-vous cruelle ! Ah ! vous voulez en
    vain
Sous un voile trompeur cacher voftre inconftan-
    ce.

P R O C R I S.

    Pour me vanger de ton offence,
    A ton Rival je vais donner la main ;
J'acheteray bien cher une trifte vengeance ;
J'en mouray, je le fens; mais mon cœur fans
    effroy ,
Verra de fon deftin les rigueurs inhumaines ;
Non, traiftre ? je ne puis par de trop rudes pei-
    nes ,
Me punir de l'amour que j'ay fenty pour toy.

C E P H A L E.

    Vous m'accufez quand j'ay lieu de me plain-
    dre...

P R O C R I S.

    Tes détours feront fuperflus?
    Croy-moy, ne cherche point à feindre?
Mon cœur eft détrompé, je ne t'écoûte plus.
    Va retrouver ta conquête nouvelle?
Que ne puis-je, à tes yeux plus charmante &
    plus belle,

Sur

Sur elle remporter le prix?
De ton perfide cœur me rendre souveraine?
Pour payer à jamais de froideur & de haine,
L'ardeur dont tu ferois épris,

Elle sort.

CEPHALE.

Sans vouloir m'écoûter, l'Ingratte se retire?
Ah! c'est au desespoir que je doy recourir!
Je ne puis supporter un si cruel martyre.
Courons la voir, l'appaiser, ou mourir.

Fin du quatriéme Acte.

ACTE CINQUIE'ME.

Le Theatre represente un Bois.

SCENE I.

PROCRIS, DORINE.

PROCRIS.

NE me parle plus d'un parjure.
Prens-tu quelque plaisir d'aigrir mon defe-
    spoir ?
Ah ! plûtost pour m'aider à suivre mon devoir,
Dis-moy que j'en reçoy la plus cruelle injure ?
    Et quoy que mon cœur en murmure,
Que ma gloire m'oblige à ne jamais le voir.
A ne jamais le voir ? O gloire trop cruelle !
    Cephale ? helas ! que ne m'es-tu fidelle ?
Quelle que fût des Dieux l'impitoyable loy,
    Prête à mourir du coup qui nous separe
    J'aurois malgré le Ciel barbare,
La douceur d'expirer en te donnant ma foy ?
Quel plaisir, en mourant de te voir, de pentendre ?
    Tes yeux me donnerojent des pleurs,
Et le soin de tes jours pourroit seul me deffendre,
De te rendre témoin de toutes mes douleurs.
Mais Ingrat, tu me fuis, & ma tendresse est vaine;
    Ton lasche cœur se plaist à me trahir ?
Cruel ? Ah ! quand tu vois que ma mort est cer-
    taine,
    Dois-tu pour redoubler ma peine,
                                        Con-

Contraindre en expirant mon cœur à te haïr ?

DORINE.

Céphale au defefpoir m'a fait voir fes allarmes;
J'ay vû fes yeux baignez de larmes,
Vous chercher, pour bannir voftre fatalle erreur

PROCRIS.

Non, non, il veut encore tromper mon foible
cœur,
Dorine, mon trépas n'aura rien qui l'étonne?
Revenez ma jufte fureur,
Je ne fçaurois avoir trop en horreur
Le perfide qni m'abandonne,
C'en eft fait ; je le hais ? je ne veux plus fonger
Qu'à fuivre un fier devoir qui peut feul me van-
ger..
Inutille couroux, impuiffante vengeance,
En vain pour me tromper je fais ce que je puis.

DORINE.

De vos tranfports calmez la violence ?
On vient.

PROCRIS.

Helal ! doit-on me contraindre au filence,
Quand la plainte peut feule adoucir mes ennuis.

SCENE II.

PROCRIS, BORE'E, DORINE.
Chœur & Troupe de Thraces.

BORE'E

Belle Princeffe enfin approuvez-vous ma flame?
Et lors qu'un doux Hymen nous unit en ce jour,
M'eft-il permis de croire que voftre ame,
          Veut bien partager mon amour?
     Vous vous troublez? vous eftes interdite?
Ingrate? mes foupirs n'ont-ils pû vous toucher!

PROCRIS.

Ceffez d'eftre furpris du trouble qui m'agite
Pardonnez à mon cœur le defordre qu'excite]
          Un amour qu'il veut vous cacher.

BORE'E.

     Qu'entens-je? mes craintes font vaines?
Vous confentez à couronner mes feux?
          Aprés de mortelles peines,
Que l'Hymen a d'appas pour deux cœurs amou-
     reux;
          Non, il n'a point de douces chaînes,
          Si l'Amour n'en forme les nœuds.

PROCRIS, BORE'E

          Aprés de mortelles peines,
Que l'Hymen a d'appas pour deux cœurs amou-
     reux.
          Non, il n'a point de douces chaines
          Si l'Amour n'en forme les nœuds.

C

Bo-

BORE'E.

Rien ne me trouble plus, & ma joye est extrê-
    me?
O vous? chers confidens de mes tristes soupirs,
Et que je rends témoins de mon bonheur supré-
    me,
Si vos cœurs prennent part à mes tendres plaisirs,
    Honorez la beauté que j'ayme.
    Empressez-vous de rendre à ses beaux yeux,
        L'homage que l'on rend aux Dieux.

CHOEUR.

Empressons-nous de rendre à ses beaux yeux,
        L'homage que l'on rend aux Dieux.

PREMIERE ENTRE'E

BORE'E.

    Est-il de plus douce victoire,
Que celle des Amans que l'Amour rend heu-
    reux?
        Quel triomphe! quelle gloire!
De voir une beauté qui méprisoit nos feux
        Ceder & se rendre à nos vœux.
        Est-il de plus douce victoire
Que celle des Amans que l'Amour rend heureux

    Le Chœur repete ces parolles, & les Thraces
recommencent leurs danses.

BORE'E.

Approuvez les ardeurs d'une ame impatiente,
Je vais presser le Roy d'accomplir mes desirs.
Les momens qu'il differe à remplir mon attente,
    Il les derobe à mes plaisirs.
                        SCE-

SCENE III.

PROCRIS, DORINE.

PROCRIS.

Ah ! pendant ces momens où je suis libre encore
Prevenons les malheurs qui me sont destinez,
C'est traîner trop long-temps des jours infortu-
    nez,
Et nourrir en mon cœur l'ennuy qui le devore?
Mourons....

SCENE IV.

L'AURORE, PROCRIS, DORINE.

L'AURORE

Moderez vos transports
Procris, à vostre sort l'Aurore s'interesse.
    Pour couronner vostre tendresse,
    Je viens employer mes efforts,
Cephale vous conserve une immortelle flame
    Une jalouse Deïté
    A fait inspirer à vostre ame
Un injuste soupçon de sa fidelité.

PROCRIS.

Quoy? Cephale... Cephale à mes maux est
    sensible;
Il m'ayme... Ah ! mon destin m'en paroist plus
    affreux?

L'Aurore.

A mes defirs il n'eſt rien d'impoſſible,
Ne craignez point un Hymen rigoureux,
Allez, prés d'un Amant, par des ardeurs nou-
vel les
Renouveller vos flames mutuelles,
Et des Dieux appaiſez oublier le couroux!
Combien eſt-il de cœurs fidelles,
Qui par des peines plus cruelles,
Voudroient bien acheter un ſuccés auſſi doux?

SCENE V.

L'Aurore ſeule.

Que fais-je? quel projet? une pitié fatalle,
A ſervir ces Amans me va-t'elle engager?
Ciel! ſans fremir puis-je ſonger
Au bonheur dont mes ſoins vont combler ma ri-
valle?
Mais plûtoſt, de ma flame un indigne retour,
Pourroit-il m'empécher de vaincre mon amour?
Ceſſe de m'attaquer importune tendreſſe?
Si les Dieux ſont jaloux, ils ne ſont pas cruels.
Plus noſtre rang nous place au deſſus des mor-
tels,
Moins nous devons partager leur foibleſſe.

SCENE VI.

L'AURORE, IPHIS.

L'AURORE.

He bien ! de mes soins genereux.
Cephale est-il content ? as-tu sçû l'en instruire ?

IPHIS.

Cephale, des mortels est le plus malheureux.

L'AURORE

Juste Ciel ! que vas-tu me dire ?

IPHIS.

Le Roy soumis aux volontez des Dieux,
A fait rompre un hymen à vos desirs contraire ;
Borée irrité, furieux
A trouvé son Rival assez prés de ces lieux,
Procris n'a pû suspendre leur colere…
Déja de sa fureur prompt à se repentir,
Borée alloit prendre la fuite,
Lorsqu'un trait qu'au hazard Cephale fait partir
Frappe d'un coup mortel la Princesse interdite.

L'AURORE.

Qu'entens-je ? O destin rigoureux,
Pourquoy t'opposer à ma gloire ?
Tu viens m'enlever la victoire,
Que j'allois pour jamais remporter sur mes feux ?
Cent mouvemens divers trouvent place en mon
     ame ;
Malgré tous mes efforts, une secrette flame
     Cherche encor à s'y rallumer.

IPHIS.

Cephale vient.

L'AURORE

Sortons, je crains qu'il ne me voye ;
Cachons un lasche amour qui veut se r'animer.
Cachons.. que sçais-je Iphis ; une maligne joye
Que ma gloire offencée à peine peut calmer.

SCENE VII.

CEPHALE. *Troupe d'Atheniens.*

CEPHALE.

Ah ! laissez-moy mourir ; vostre pitié cruelle
Veut-elle prolonger les rigueurs de mon sort ?
Malheureux que je suis ; cette main criminelle
A ma chere Procris vient de donner la mort.
Pourquoy m'arracher d'auprés d'elle ;
Pourquoy par un barbare effort,
Me retenir au jour quand son ombre m'appelle ?
Ah ! laissez-moy mourir ; vostre pitié cruelle
Veut-elle prolonger les rigueurs de mon sort ?

SCENE VIII.

ET DERNIERE.

PROCRIS *mourante soutenüe par* DORINE.
CEPHALE. *Troupe d'Atheniens.*

CEPHALE.

Mais, je la voy ! Procris !

PRO-

PROCRIS.

Cephale!

PROCRIS, CEPHALE.

O jour funeste!

CEPHALE.

Vous me quittez, demeurez en ces lieux,
Voulez-vous m'enlever le seul bien qui me reste?

PROCRIS.

Hé bien! Cephale, hé bien! recevez mes adieux,
A suivre vos desirs mon propre amour m'entrai-
ne;
J'aurois voulu, de peur d'augmenter voftre peine
Me priver du plaisir de mourir a vos yeux.

CEPHALE.

Je vais vous suivre en la nuit éternelle.

PROCRIS.

Non, vivez; je le veux; je veux revivre en
vous.
Vous m'aymez, vous m'estes fidelle,
Mon sort doit me paroiftre doux.
Adieu; le deftin veut que je vous abandonne,
Cher Cephale aymez-moy toujours.
Mais que le souvenir de nos triftes amours,
Ne trouble point le repos de vos jours;
Oubliez moy plûtoft, c'eft moy qui vous l'or-
donne.
Tout mon corps s'affoiblit..je fremis..je me
meurs..
Déja du noir séjour j'entrevoy les horreurs;
A mes yeux obfcurcis la lumiere eft ravie!

C 4

Reçoy

Reçoy ma main Cephale, & fois feur qu'en ce
    jour,
       Le dernier foupir de ma vie,
       Eft encore un foupir d'amour.

Elle tombe entre les bras de Dorine qui l'emmeine.

CEPHALE.

Acheve ô Ciel barbare! affouvy ta colere!
Ah! je fens qu'à la fin tu te rens à mes cris;
       Tu ceffe de m'eftre fevere,
Je fuccombe à mes maux, rien ne m'eft plus
    contraire
Et je vais aux Enfers rejoindre ma Procris.

Fin du cinquiéme & dernier Acte.